António jorge gonçalves

BARRIGA DE BALLENA

Editorial **EJ** Juventud

Provença, 101 - 08029 Barcelona

Cuando SARI se despertó aquel día de verano,
llamó a MAMÁ y a PAPÁ, pero no se levantaron.
Eran MUY dormilones.

SARI decidió ir a la playa ella SOLA.
Abrió la puerta y se FUE.

AZUL construía un barco en la arena.
Se preparaba para partir hacia la tierra-donde-NUNCA-NADIE-se-aburre.

«¡Azul, LLÉVAME contigo!».

Y así, VALIENTES, se hicieron a la mar.

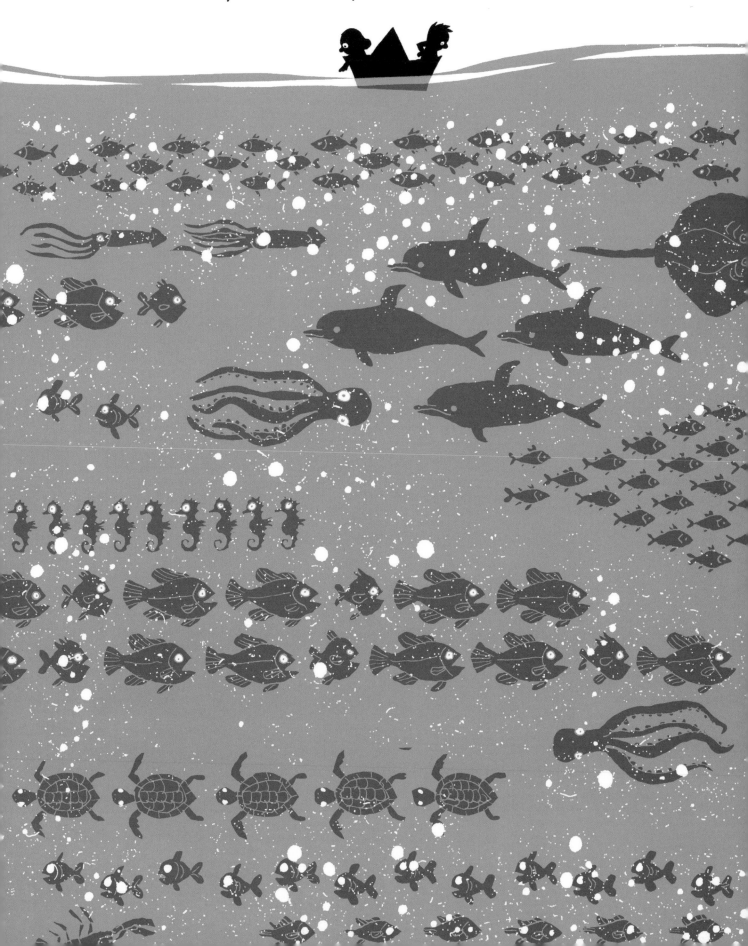

Pero se levantó un TEMPORAL
y el pequeño barco
SE PARTIÓ en dos
en un remolino.

«¡AQUÍ DENTRO ESTÁ MUY OSCURO!

¡NO SE VE NADA!».

Dentro de la barriga de la ballena,
SARI encontró unos BICHOS
convencidos de que ella era comida.

«¡NO SOY COMIDA,

SOY UNA NIÑA!».

Y había un hombre muy ABURRIDO
que a través del OJO de la ballena
contaba UNO A UNO
        los peces del fondo del mar.

SARI se detuvo
a escuchar:
la barriga
de la ballena
ululaba como
el VIENTO.

AZUL llegó a la playa,
y pensaba en SARI.

La ballena vivía en medio del MAR,
y **AZUL**, sin barco, **NO SABÍA** cómo llegar hasta allí.

Pero tuvo una idea.

EXCAVÓ un gran hoyo en la arena
y **VACIÓ** todo el mar en su interior.

Cuando empezó a andar, VIO todos los peces secos
y sin poder RESPIRAR.

Pero ahora, SIN MAR,
ni la ballena ni los peces
podían nadar.

SARI se puso tan TRISTE,
que empezó a LLORAR.

Y las lágrimas FUERON tantas y tantas...

...que crearon un **NUEVO** mar.

«¡BALLENA, LLÉVANOS A LA
TIERRA-DONDE-NUNCA-NADIE-SE-ABURRE!».

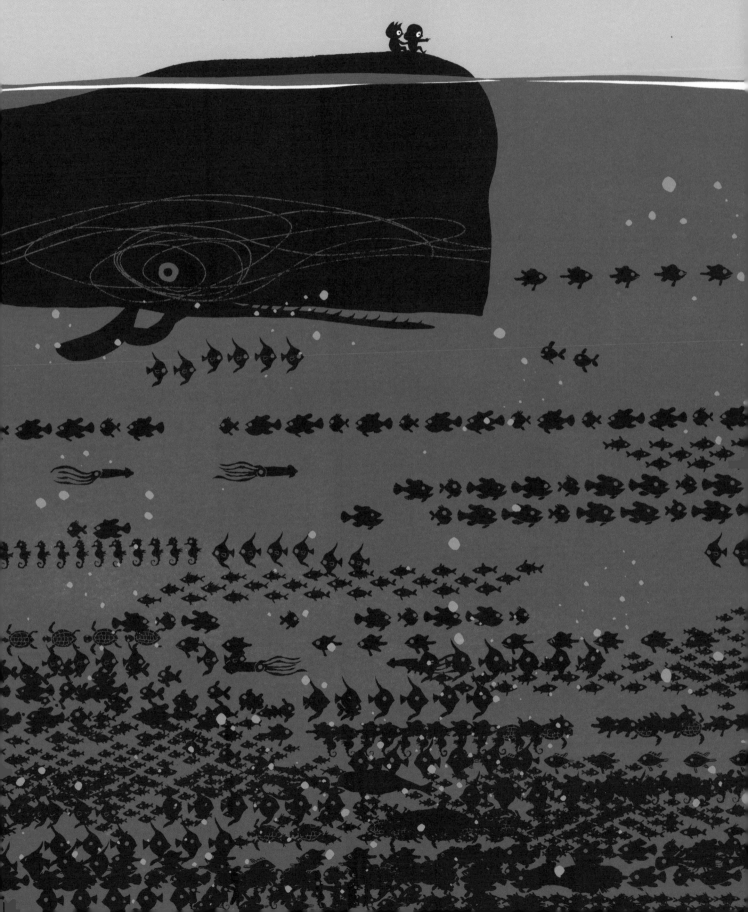

«¡MAMÁ! ¡PAPÁ!
¿YA os habéis despertado?».

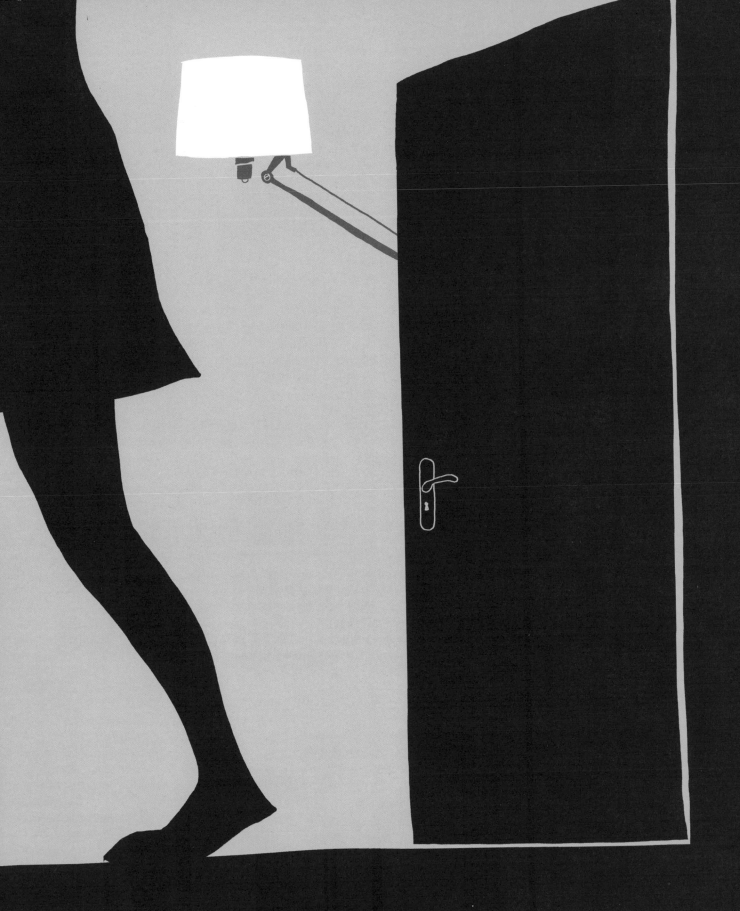

AGOTADA después de tantas aventuras,
SARI se durmió ACURRUCADA entre las sábanas.

¿SOÑARÁ con una ballena en medio del mar?

Título original: Barriga da baleia
© Pato Lógico Edições, Lda., 2014
© del texto y de las ilustraciones: António Jorge Gonçalves, 2014
Grafismo: António Jorge Gonçalves
Publicado con el acuerdo de Pato Lógico Edições, Ltda, Lisboa, Portugal

© de la traducción española:
EDITORIAL JUVENTUD, S.A., 2017
Provença, 101 - 08029 Barcelona
info@editorialjuventud.es
www.editorialjuventud.es

Traducción: Manuel Pérez Subirana
Primera edición, 2017
ISBN 978-84-261-4224-5
DL B 15383-2017
Núm. de edición de E.J.: 13.489
Printed in Spain
Impreso por Grafilur, Basauri, Bizkaia